HEYNE
BÜCHER

Das Buch

Die schönsten Liebesgedichte von Jörn Pfennig – das wäre sicher der wirksamste Untertitel für diese Auswahl aus den bisher erschienenen Gedichtbänden des Autors, aber er träfe nur teilweise zu. Für einen Realisten von der Art Jörn Pfennigs schließen sich Einfühlsamkeit und unnachgiebiges Beobachten nicht aus. Sein Optimismus läßt sich nicht auf ›positives Denken‹ reduzieren und seine Bereitschaft, auch die traurigen bis trostlosen Aspekte einer Beziehung in Worte zu fassen, nicht auf Pessimismus. Entstanden sind so wahrhaft schöne Liebesgedichte, aber eben auch solche, die in ihrer Melancholie, Ironie oder Wut gar nicht ›schön‹ sein wollen. Nennen wir's also – weniger wirksam, aber um so richtiger: die treffendsten Gedichte Jörn Pfennigs über die Liebe und alles, was dazu gehört.

Der Autor

Jörn Pfennig, Jahrgang 1944, wuchs in Tübingen auf, studierte in München und war dort fast dreißig Jahre lang in verschiedenen künstlerischen Bereichen aktiv. Heute lebt er als Schriftsteller und Jazzmusiker in Burghausen.

Im Wilhelm Heyne Verlag liegen bereits vor:
Grundlos zärtlich (01/8810)
Hand aufs Hirn (01/9447)
Keine Angst dich zu verlieren (01/8844)
Abschied von der Männlichkeit (01/9071)
Kopfsprünge, Herzsprünge (40/216)

Herzlichen Dank an Esther Hermann für die hilfreiche Mitarbeit bei der Zusammenstellung dieser Auswahl.

Jörn Pfennig

Liebeslänglich

Ausgewählte Gedichte

WILHELM HEYNE VERLAG
MÜNCHEN

HEYNE ALLGEMEINE REIHE
Nr. 01/9747

3. Auflage

Printed in Germany 1999
Quellenverzeichnis: s. Anhang
Umschlagillustration: Uki Bellmann, München
Umschlaggestaltung: Atelier Ingrid Schütz, München
Satz: KortSatz GmbH, München
Druck und Bindung: Ebner Ulm

ISBN 3-453-09270-8

Jörn Pfennig © Andrea Seifert

Reifer werden heißt schärfer trennen
und inniger verbinden.

Hugo von Hofmannsthal

1

Begegnet
Befangen
Berührt

Verirrt

Du bist in mein Leben geflogen
wie ein Zugvogel
der sich auf dem Weg in die Wärme
mit Absicht
in der Richtung getäuscht hat.

Und ich
ich werde fest daran glauben
daß es mir gelingt
dich vorm Erfrieren
zu bewahren.

Fast verpaßt

Neu und gierig trieb uns
unsere Zuneigung
durch den Park
im Oktober.
Fast hätten wir sie
überholt
so hastig
redeten wir uns
vorwärts.

Doch der Herbst hatte
ein Einsehen mit uns
und unserer
aufgeregten Ferne.

Er schickte durch den Rest
der Wärme von gestern
eine Kälte von morgen
ließ uns frösteln
der alte Kuppler
und zwingend zog es
meine Hand in deine.

Da überlief mich
deine Gänsehaut
und die kam nicht
aus der Kälte.

Verpaßt

Zwei Vögel flogen
aneinander vorbei
kurz streifte sich ihr Gefieder
der eine flog nach Norden
der andere nach Süden
im Herbst blüht nirgendwo Flieder
in der Wüste sind die Tränen zu teuer
und im Vakuum weht kein Wind
irgendwie war das Wasser zu tief
ich armes Königskind.

Weißt du's?

Du
mit dem hellen Lachen
herübergeretteter
Kindlichkeit
mit deinen Worten
die dir von den Lippen
platzen und unversichert
in die Wahrheit rennen

weißt du
wie gut du mir tust?

Reifeprüfung

Du botest mir
dein Bett für die Nacht
und in der Ruhe
unserer Vertrautheit
vergaß ich deinen Körper.

Er war da und schön
das war alles und gut.

Zwischen dir und mir
trafen sich unsere Hände
und hatten keinen Grund
sich auszuweichen.

Was braucht die Zärtlichkeit
große Flächen, wenn eine Hand
so gibt und nimmt wie deine?

Aus trübem Himmel

Inmitten all der Oberflächlichkeiten
traf mich unsere Umarmung
so unmittelbar nah
wir standen einfach da
und ließen uns fließen.
Unendlich weich
unendlich lang.
Verdächtig vielleicht
für die, die um uns waren
doch nicht für uns.

Unsere Fremdheit
machte sich auf und davon
unter Mißachtung der Grenze
zwischen Unschuld und Lust
und als sich unsere Arme lösten
war es viel zu früh
um nicht die Sehnsucht zu spüren
nach einer kleinen Ewigkeit.

Noch brauchst du Mut

Du sagst, du hättest Lust.
Gleich jetzt. Mit mir.

Wie sehr mich
diese Ehrlichkeit freut
wie sehr ich mich sehne
daß sie ihr Gewicht verliert
wie sehr ich überzeugt bin
daß sie vor allem gut ist
für dich selbst –
all das wird kaum
zu dir vordringen
durch die Wand
deines verletzten Stolzes
wenn ich dir sage
daß ich dich mag
aber nicht will.

Über Grenzen

Festungen gab es nicht zu schleifen
wir rannten unsere offenen Tore ein
verbreiteten uns herzlich eingeladen
im Raum des jeweils anderen
öffneten jedoch nicht ungefragt
die Nebentüren.

Astern

Ich würde dir gerne Astern schenken
als Symbol deiner Herbstlichkeit
der Kühle, der Schönheit, der möglichen Wärme
der Härte und Zärtlichkeit.

Ich werde dir die Astern nicht schenken
weil mir der Gedanke das Herze bricht
daß du ihnen alle Blätter ausreißt
beim Soll-ich-oder-soll-ich-nicht.

Schon jetzt

Alles hatte Inhalt:
unsere Worte
unsere Blicke
unsere Berührungen.

Reden, das fließt
Lachen, das hingehört
Schweigen, das lebt.
Vertrautheit
von Anfang an.

Von unseren wenigen
ersten Stunden
wird viel bleiben
und viel
wird daraus werden.

Das erlaube ich mir
zu wissen.

Spaziergang mit einer Unbekannten

Du gehst
wie meine Worte
neben mir.

Ihr scheint euch zu verstehen
wißt, wie ihr miteinander
umzugehen habt.

Auch deine Worte
gehören offenbar zu euch –
und wo bleibe ich?

Als Opfer meiner Sucht
liege ich verwirrt
bereits ein Stück voraus
im Hinterhalt
zum Mord bereit
an deinen, meinen Worten
beim Zusammenprall
der Lippen.

Die Fremde auf der Galerie
oder
Ingmar B. läßt vergeblich grüßen

Viel Freiraum war da
vorn und hinten
leere Stühle noch und noch
in enger Reih
und engem Glied
und schräg unten
dieses mißverstandene
Jazzkonzert.

Dann plötzlich sie
in dieser ganz unmöglich
zufälligen Berührung
beim Zurücklehnen
auf eine nicht allzu überstürzt
sich flüchtende Hand.

Mein Lächeln des Bedauerns
wofür auch immer
mit wohlerzogen scheuem
Blick und eine Ahnung
von der Weiblichkeit
die Platz nahm in der Leere
all der Stühle um mich, in mir
ausgerechnet so ganz nah
in meinen Rücken.
Gefallen.

Und dann
die weggefegte Ruhe
ungereinigt
wieder einkehren lassen
getarnt als höfliches
SCHWEIGEN.

Sprechverbot

Dieser große Blick von dir
damals durch die feinen Maschen
halbverstandener Worte
die um und von uns waren –
er kam sehr wohl
bei meiner Sehnsucht an.

Grenzenlos ließ ich ihn passieren
auf das unwegsame Gelände
meiner Seele
und bewahre ihn seither auf
in der Hoffnung
daß er irgendwann
deine Augen wieder holt
und sich.

Dann, wenn keiner um uns ist
den das Sprechen unserer Augen stört
werde ich ihn erwidern
und unserer beider Blicke
werden sich ganz laut einreden
daß es höchste Zeit wird
uns schweigend zu umarmen.

Sprachlos

Er wollte so sehr
daß sie ihre Hand
auf sein Haar legt
und schweigt.

Er wollte so sehr
daß sie begreift
daß er zu viel fühlt
um mitzureden.

Er wollte so sehr
daß er den Ausdruck verliert
der sie weiterreden ließ
daß sich sein Glas von alleine leert
damit er nicht abwesend wirkt.

Er wollte so sehr
daß die Zeit sich verfängt
in den Zweigen ihres Gesprächs
damit sie nicht so schnell verfliegt
und ihm die Hoffnung läßt.

Er wollte so sehr
daß sich ihr Sehnen
deckt mit seiner Phantasie
daß sie merkt, wie sehr sie lieben will
genauso sehr wie er.

Er wollte so sehr zärtlich sein
und konnte es ihr nicht sagen.

Grundlos zärtlich

Wenn ich dir sage, ich hab dich lieb
wehre dich bitte nicht
zugegeben: wir kennen uns kaum
aber wir haben nicht viel Zeit.

Wenn ich glaube, dich liebzuhaben
brauche ich keinen Beweis
daß es wirklich so ist –
was zählt, ist die Möglichkeit.

Du wirst kaum die Gelegenheit haben
die Tiefe meines Gefühls zu überprüfen.
Wenn ich dir sage, ich hab dich lieb
dann laß mich ruhig lügen
wenn es dich freut, nimm es an
und laß mich zärtlich sein.

Für Zärtlichkeit
braucht man keinen Grund
und schon gar nicht den Grund
Liebe.

Aus gutem Grund

Ich möchte dir nicht helfen
wenn du meine Liebe willst
heute nacht.
Du mußt es ja nicht sagen –
ich weiß, das ist nicht leicht –
nur deutlich machen
so deutlich
daß du später noch weißt
daß du deutlich warst.

Dein Abenteuer soll es sein
nicht meins.
Erst dann
wird es unsers.

Leider nichts gewesen

Wären wir doch
damals gleich
als wir in unseren
Stromkreis gerieten
jenem kurzen Schluß
erlegen
der mir so oft schon
Anfang war
für lange
Freundschaftsjahre.

Du bist nun mal
bezaubernd anzuschaun
und wenn du
mit mir sprichst
spitzt sich
ganz unvermeidlich
in Gedanken
mein Mund zum Kuß.

Doch warum muß ich mich
wenn wir uns
nach geraumen Zeiten
auf mein Betreiben
wiedersehn
dabei ertappen
daß ich mich frage
ob du mein
beharrliches Interesse
an dir als Mensch
auch richtig
verstehst?

Warum die Angst?

Warum die Angst?
Ich werde dir nichts tun
was du nicht magst.
Das kannst du wissen
wenn du es wissen willst
aus all dem, was du
von mir wissen müßtest.

Warum die Angst?
Du sagst, du vertraust mir
du sagst, meine Zuneigung
macht dir Freude
doch wenn ich mich
dir zuneige
geht in deinen Augen
ein Rotlicht an.

Warum die Angst?
Vor mir kannst du
sie nicht haben –
hast du sie
vor dir?

Zwiespältig

Zwischen dir gibt es
so viele Widersprüche
daß es meine Seele
in den Kampf zieht.

Mit weißer Fahne läuft sie
zwischen deine Fronten
und hätte doch so gerne
daß die eine Seite siegt.

Über die Dynamik von Betträndern

Natürlich diese Rituale
natürlich Edvard Grieg
und Jazzballaden
natürlich neben ernstem
Reden über dieses und . . .
jener unbedarfte Scherz.

Natürlich zieht Frau Eros
unsere verschlungenen Kreise
und lockt uns an den Rand des Betts
von wo es höchst angeblich
kein Zurück mehr gibt.

Natürlich sind wir gut erwachsen
und zücken nicht gleich
alles oder nichts
zerpflügen bis zur
Heiserkeit der Geister
deine und auch andere
wohlgestaltete Gedichte.

Und dann, ja dann
im Angesicht des
Sich-so-unvermeidlich-Näherns
da sage ich, wie vorher schon:
allein sein circa so demnächst
wäre sanft in meinem Sinn.

Ach, wie schnell
wird man doch zurückgestuft
auf Arschloch Nummer Null.

2

Berauscht
Beruhigt
Bereichert

Gelungener Absturz

Was war das für ein
kerngesundes Chaos
als deine verlorene Vernunft
meinem fluchtbemühten Kopf
die erheblich langen Beine stellte
und wir beim himmlischen Stolpern
die höllischen Vorsätze zertraten!

Da war Musik aus Engelsärschen
in kleinen Wölkchen
so heftig ums Gehirn geblasen
daß nur das Wesentliche
dem rosigen Nebel entkam.

Und als wir – herabgeglitten
von gewissensfernen Gipfeln
auf die Ebene der Gedanken –
die Ruhe zärtlich feierten
die das Unabänderliche
neben anderem zu bieten hat
da hast wohl auch du
dich nicht sehr gefragt
warum wir in der Niederlage
gegen die Schlagkraft
des Verstandes
so glaubhaft jubilierten.

Verglückt

Du legtest mich
in deine Kurven
und trugst mich hinaus
aus jeglicher Vernunft.

Ich überschlug mich
ins Grasgrün
hinter meinen
alten Ohren
und rollte
höchst lebendig
aus.

Männchen steh auf!
flüsterte es von irgendwo
doch ich schmiegte mich
in deine duftende Wiese
und verhalf entschlossen
meiner Kindlichkeit
zum Sieg.

Da geblieben!

Da war das
backenwarme Zwischendrin.
Nach Blumen und nach Korn
stand mir die Welt
und tat sich schwer
weiter rundzulaufen.

Ich soff dich aus
und taumelte
kornblumenblau
geradewegs
ins allernächste
Abseits.

Zwischen acht und vier

Pünktlich Anfang Frühling
war ich bei dir
und wäre am liebsten sofort
in deiner Nacktheit
versunken.

Der Sommer ließ
die Worte reifen
und seine Hitze
nahm uns
die Beweglichkeit.

Im Herbst fielen
die prallen Blicke
in die Tiefe
und ertranken
im wirkenden Wein.

Endlich im Winter
nahmst du meine Hand
und führtest uns
in die Lust
die sich im Frühling
so anders
entfaltet hätte.

Heilverfahren

In diesen höllisch milden Zeiten
wo die tieferen Verständnisse
sich einander aus dem Weg
und im lauen Dauerregen
der Unantastbarkeiten
ungeahnt zugrunde gehen

wo Armeen von Schweigelügen
auf unsichtbaren langen Beinen
durch die Niederungen stelzen
in denen sich entdeckungsscheu
Empfindlichkeiten tummeln

in diesen manisch sauberen Zeiten
hüpften wir wie Kinder
in die blitzenden Pfützen
unserer Leiber und Seelen
und suhlten uns gesund
im kleinen Schmutz
den jede große Ehrlichkeit
nun einmal mit sich bringt.

Freier Fall

Ich kenne nicht den Grund
will ihn auch nicht suchen
ich weiß nur, daß es gut war
wie wir uns verhielten.

Es macht kaum Sinn
sich gegen einen Sog zu wehren
der nichts als die von uns
ersehnte Tiefe bringt.

Ist denn der Grund
auf den wir kommen
wenn wir uns fallen lassen
nicht Grund genug
uns fallen zu lassen?

Mysteriöses Geschenk

Du legtest mir
einen bunten Cadillac
aus Blech ans Herz.

Ich fuhr darauf ab
und zerschellte
um ein paar Haare
an deinem kantigen
Venushügel.

Lächelnd übtest du
Geduld
hobst mich auf
und nahmst
mein Ungestüm
mit sanfter Hand
hinauf zum Gipfel
wo es im weichen
Feuer versank.

Weit weg
schimmerte der Cadillac
im Lavalicht
und glättete gelassen
seine Beulen
als sei er dergleichen
längst gewohnt.

En passant

Da war etwas
das konnte gar nicht
weiter tragen
als bis zur nächsten Wand.

Es war kein
ausgeglichener Flug
war herrlich steil
gleich zu Beginn
und nützte so
den von uns zuvor
bemessenen Raum
zum Gleiten
auf das Hindernis
an dem wir
nicht zerschellten.

Sturzliebe

Mit der Schlußumarmung
wich meine Sorgfalt.
Sorgenfalten
waren angebrachter.
War dem zu widerstehen
was sie da
herbeilächelte?

Sie packte aus
und verleibte mich ein
im Sturz
ergötzte sich
wohl weniger an mir
als an meiner
Rettungslosigkeit.

Küssend lachte sie
mir die Flecken
vom Gewissen
nach meinem
Highspeed-Wohlergehen
und vollendete
überzeugend heiter
den angebrochenen
Abschied.

Trotzdem bat ich mich
im nachhinein
noch lange um Erlaubnis.

Richtiges Ambiente

Wären wir, auf verschiedenen
Bahnen durchs Weltall rasend
uns zufällig
nach hunderttausend Jahren
auf einer Milchstraßenkreuzung
begegnet, es hätte
universal gekracht.

Wären wir, unendlich unter Tage
uns gegenseitig
durch ein Meer von Kohlestaub
in die Funken
unserer Blicke geraten
die Schlagwetterexplosion
wäre verheerend
gewesen.

So aber saßen wir
uns gegenüber
in einer Pizzeria
in Dinslaken
und der Boden
war so nah
daß alles
in vollendeter
Ruhe
seinen Weg
gehen konnte.

Treffer

Du liefst ins Fadenkreuz
meiner Wünsche
warst für meinen süchtigen Blick
ganz außerordentlich anzusehn
ich hatte keine Lust auf Bedenken
und ließ dich einfach geschehn.

Jetzt denke ich zurück
an das federleichte Kunstwerk
zu dem wir beide uns verwoben
weil unsere Sympathien
so mühelos zueinanderfanden
und bin dankbar
daß ich meinen Augen traute.

Falsches Gewicht

Das, was da war, war gut
und wäre gut geblieben
hättest du die wahren Worte
die ich dir vorher sagte
nicht leichter gewogen
als deine eigene Wahrheit.

Die Sympathie für dich und das
was dann mit uns geschah
ermöglichte das kleine Wunder
mit dem uns zugelassene Nähe –
zumal im höchst konkreten Sinn –
immer wieder staunen macht.

Doch für das große Wunder
einer fiebrigen Begegnung
die in die Liebe überlebt
war nur in deinem Denken jener Platz
der in meiner Wirklichkeit
seit schöner langer Zeit
hochwillkommen besetzt ist.

Schon deshalb hatte ich
nicht den geringsten Grund
dir anderes zu sagen
als das, was ist.

So wie es war

Wir trafen aufeinander
unvorbereitet
waren wir mutig
oder war es
Selbstverständlichkeit?

Wir sollten nicht fragen
warum es war
wir wissen nur, wie es war
und du weißt es
anders als ich.

Ich will deine Gedanken
nicht erraten –
vielleicht aus Furcht.
Für mich kann ich nur sagen:
ich glaube
es war selbstverständlich
daß wir uns trafen
so wie es war.

Vergessen Erinnern

Eben noch ein Wort
bevor du mir
aus der Erinnerung gehst:
die Zeit war gut
die wir gemeinsam hatten –
auch weil sie ziemlich
knapp bemessen war.

Lang genug
um Wesentliches einzubringen
und jene Nähe zu erreichen
aus der man sich nicht täuschen mag.
Kurz genug
um uns nicht an den Grenzen
unserer Gemeinsamkeiten
zwangsläufig wundzureiben.

Die Zeit war gut
die wir gemeinsam hatten
und wenn wir uns
den Freiraum lassen
für ruhiges Vergessen
und ruhiges Erinnern
dann wird auch eine
weitere Zeit mit uns
ganz sicher
wieder gut.

Keine Reue

Gewiß, es stürzte damals
nur ein kleiner Teil
des Himmels ein –
er konnte uns nicht ganz
unter sich begraben.

Doch wieviele Menschen knüpfen
an noch viel kleinere Himmelsstücke
Gedanken an Unendlichkeit
oder überstürzte Flucht?

Wir teilten seelenruhig
was uns da berührte
und ließen es
auf sanft getrennten Wegen
zu zwei Erinnerungen werden.

Saat gut

Aus einer und ersten Nacht
wurde unsere Freundschaft
so, wie wir beide sie verstehn:

Vertrautheit anstatt Regelmaß
Gespanntsein anstatt Spannung
Freude übers »Endlich wieder«
kein vorwurfsvolles »Wird auch Zeit!«

Ungebrochene, niemals satte Neugier
wo andere innerlich die Zähne fletschen
beim Angriff der Wiederholungen.

Anziehung, nicht Anzüglichkeit
und vielleicht wird irgendwann
wieder diese freie Willigkeit
uns in einer nächsten Nacht
besonders nah zusammenbringen.

An eine Freundin

Wem sollten wir
dankbar sein
außer uns selbst
daß das Übliche
uns nicht mehr
durch die Rechnung
streicht?

Der Empfang deckt sich
mit der Erwartung
wie das Erleben
und Empfinden
und die Köpfe rollen
in die Richtung
die wir beide wollen –
ins Gespräch
oder
in den Schoß.

3

Bezaubert

Besehen

Bewahrt

Gut angelegt

Wir warfen unsere
Zuneigungen
wehrlos
in einen Topf
wo sie sich
vermehren mußten.

Vom unterdessen
fetten Konto kann sich
jeder von uns
die Geborgenheit
abheben
die er braucht.

Vom Suchen

Wir haben uns gefunden
als wir uns nicht suchten.
Hätten wir uns gesucht
wäre es gut gewesen
uns nicht zu finden
denn auf keinen Fall
hätten wir einander
weh tun wollen.

Technisch gesehen

Ich bin ja so dankbar
daß du mit dauerhaftem Profil
in das rutschige Gelände
unserer Beziehung
gefahren bist
und nicht bloß
mit runderneuerter
Reife.

Liebes-Erklärung

An dich denken
so wie jetzt:
dich weit weg
lächeln sehn
im Schlaf.
Die Hand durch die Nacht
in dein Haar schicken
und einen Kuß
wie eine Sternschnuppe
durch deinen Traum.
Die Ferne aufrollen
wie eine Schnur
an deren Ende
deine Wärme ist.

Keine Angst dich zu verlieren

Dir und mir
soll es gut gehen
weil ich dich liebe
nicht obwohl ...

Was ich tun kann
will ich tun
daß kein unnützer Ballast
unsere Seelen am Fliegen
hindert.

Die Angst dich zu verlieren
habe ich abgeladen
und die Liebe zu mir selbst
ist unwiderstehlicher
Aufwind.

Flieg mit
und nichts
kann uns fangen!

Vor-Liebe

Meine Lieblingsfarbe
ist Blau.
Wenn ich ein
schönes Grün sehe
kann ich restlos
begeistert sein.

Meine Lieblingsblume
ist die Gerbera.
Schenkt mir jemand
eine Glockenblume
gerate ich vielleicht
ins Schwärmen.

Mein Lieblingswetter
ist der warme Herbststurm.
Wenn mir Schneeflocken
ins Gesicht taumeln
fühle ich mich manchmal
ungeheuer wohl.

Mein Lieblingsmensch
bist du.

Bock'n Boll

Wäre doch schon in bunter Vorzeit
dein Petticoat beim von meiner
schwitzigen Hand verordneten Kreisel
knisternd gegen mein Knie gewippt.

Wärst du doch im Überschwang
aus Routine oder Tapferkeit
dem schmelzenden Befehl gefolgt
»put your head on my shoulder«.

Hätten doch Paul Anka und Elvis
unsere Lippen aneinander geschnulzt
und das Bollwerk meiner Verklemmung
zum Einsturz gebracht . . .

Unwiederbringlich auseinander geschwemmt
vom Katarakt meiner endlich freigelassenen
unaufhaltsamen Sehnsüchte
wären wir unserer Jugend erlegen.

Und trotzdem liebe ich
meine gelegentliche Habgier
nach vielen
viel früheren
Jahren mit dir.

Gerade noch

Das Eingehen auf
diese andere Frau
brachte mich
dir näher –
und wegen dir
hätte ich fast
darauf verzichtet.

So frei bist du

Du hast mir niemals
Freiheit gegeben.

Du hast mir niemals
Freiheit genommen.

Du hast mir immer
die Freiheit gelassen
die ich hatte.

So frei bist du.

Dank und Bitte

Ich habe das
wunderschöne Gefühl
dir alles sagen zu *können*
erspare mir bitte
das Gefühl
dir alles sagen zu *müssen*.

Gesprächstherapie

Als ich dich plötzlich
weniger liebte –
ich weiß nicht warum –
da durfte ich es dir sagen.

Du hast mich verstanden
und meine Liebe
wurde größer.

Kein Grund zur Panik

Irgendwann wird auch unsere
anfangs so unsterblich
scheinende Lüsternheit
verfliegen.

Doch warum sollte
unsere Liebe
Schaden nehmen
und unsere Zärtlichkeit
nicht weiterleben?

Aus der Hitze
wird Wärme werden
und wenn uns das
nicht erschreckt
wird die Kälte
keine Chance
haben.

Zusammenleben
in größeren Räumen

Steigst du
steige ich
herab vom Olymp
aus deiner
meiner Ferne
treffen wir uns
in den wunderlichen
Niederungen
unserer unabhängig
gescheit gescheiterten
Gedanken.

Und dann vielleicht
in deiner, meiner Nähe
wachsen unseren Kopfgeburten
doch noch Hand und Fuß.

Hingewachsen –
nicht hingenommen

Was nicht mehr ist
wie es am Anfang war
das darf bei uns
so sein, wie es ist.

Zum Jubiläum

Wir haben es
längst erkannt
du und ich
wir, der offenbare
glücksbegabte
Dauerzustand:
die Dehnbarkeit
nimmt zu
je weicher wir
uns machen.

Verwirrung

Wenn du morgen
wieder da bist
wird alles beim alten sein
wo das Neue
immer
um die Ecke
schaut –

pardon!

wenn der Morgen
wieder da ist
wirst du, mein Alles
beim Alten sein
der ständig
um die Ecke schaut
nach was Neuem –

pardon!

wenn du morgen
widerlicherweise
nicht mehr da bist
wird sich dein Alter
um alle Ecken bringen –
das wäre doch
was Neues.

Novembermorgen

Da steh ich am Fenster und schaue dir nach
als wär's nun soweit, daß du mich verläßt
dabei gehst du doch nur, wie auch sonst jeden Tag
zur selben Zeit denselben Weg.

Ich weiß nicht, warum ich's gerade heute so seh
als wär es ein trauriger Film
vielleicht liegt's daran, daß November ist
und ich etwas anfällig bin.

Du gehst durch den Regen und neigst deinen Kopf
vergräbst deine Hände im Mantel, als ob
du dich nach einem Stück Geborgenheit sehnst
in dieser stehngebliebenen Welt.

Du wirkst so verlassen und so hoffnungslos
als wärst du auf dem Weg in den Krieg
wenn du jetzt gleich um diese Hausecke biegst
dann ist es, als wärst du verloren.

Es ist nicht die Angst, dich nicht wiederzusehn
es ist die verdammte Phantasie
die ich so mag, weil sie mir deutlich macht
wie sehr ich dich immer noch liebe.

Alles legt sich

Über die Huren der Stadt legt sich die Nacht
wie ein letzter fetter Kunde
der Nebel legt das Neonlicht in Watte
und wartet auf den Mond
über so manchen unvollendeten Streit
legt sich ein müder Friede
und ich leg mich bald zu dir.

Das Leben legt behutsam Hand an sich
als sei es lebensmüde
und über alles legt ein sanfter Regen
sein fremd-vertrautes Geräusch
Einsame legen vielleicht noch eine Platte auf
von Händel oder Bob Dylan
und ich leg mich bald zu dir.

Auch diese Nacht legt ihren Weg zurück
schneller als der Tag
manche große Hoffnung legt sich schlafen
und wacht morgen kleiner auf
es legt sich alles, sagt man, alles
legt sich mit der Zeit
auch ich leg mich jetzt zu dir.

Wachmann

Und wenn es dein Atem
plötzlich eilig hat
weil sich in deinen Träumen
vermutlich Dinge tun
die dir nicht geheuer sind
dann legt mein Arm um dich
noch etwas Druck zu
ein Lächeln wird
unwiderstehlich
und vor lauter Liebe
habe ich den leisen Verdacht
daß ich mir wieder einmal
zutraue, dich vor allem Wehtun
dieser Welt zu bewahren.

Bergung

Und wenn sich
mein anfälliger Kopf -
wieder einmal
kalt erwischt
von irgendeiner
Wirklichkeit -
durch einen Tag
gefroren hat
dann findet er
in unserer Nacht
in deiner warmen
Achselhöhle
seinen Platz
zum Überleben.

Philemons Gruß

Unsere Falten
werden langsam redselig
und durch den Duft deiner Haare
weben sich die Silberfäden –
zu schweigen von meinem
fortschreitenden Immergrau.

Die Lust nimmt sich
längere Atempausen
weiß, daß sie die Ruhe
gewissenlos genießen darf
und auch manch anderer Tatendrang
hat sich davongeschlichen.

Unerzähltes aus der Zeit vor uns
ist kaum noch zu entdecken
an seine Stelle trat
fast unbemerkt
gemeinsam Erlebtes –
weißt du noch?

Die Anfangsjahre
die sich manchmal
scheinbar überstürzt entfernten
werden wieder nah und liebenswert
weil sie den Vergleich
nicht fürchten müssen
mit unserer Gegenwart.

Und die Zukunft verhält sich still.
Sie hat auch allen Grund
uns ganz gelassen
beim Älterwerden zuzusehen
weil sie ahnt
wir werden ihr
nur Gutes bringen.

4

Betrübt

Betroffen

Befreit

Stille

Gewiß
ich werde traurig sein
wenn du gehst.

Es wird Stille sein.

Ich werde dich am Horizont
kleiner werden sehn
bis dich die untergehende Sonne
wegleuchtet
und ohne die Nacht zu brauchen
wieder aufgeht.

Die Stille wird sich
mit Leben füllen
das wieder einmal anders ist
und ich werde dankbar sein
daß es dich gab.

Abschied von dir
und dem Haus im Süden

Wie wünsch ich dir
die tiefsten Träume
so tief, daß meine Gedanken
dich nicht wachwandern.

Unterm Zinnoberdach
und Eukalyptusbäumen
kann ich nun nicht mehr
den sonoren Helden spielen
der deine furchtsamen Phantasien
durchaus teilt
wenn das aufgeregte Meer
beharrlich mit der Mauer spricht
und der verspielte Westwind
im wilden Wein
seine Pirouetten dreht.

So gerne würde ich jetzt
wie gestern noch
dich durch mich
und mich durch dich
beschützend
neben dir und deinem Atem
dem Schlaf entgegenliegen.

Hier ist alles wie gewohnt
kein solcher Wind, kein Meer
dafür ist Deutschland wieder
ganz und gar um mich
und das tut nicht nur gut.

Abschied im Winter

Die Ferne, die du in Angriff
nimmst, ist ernst zu nehmen.
Auch die Traurigkeit
die dir durch den grauen Schnee
vorausfahren wird.

Du wirst dich schon beim Abschied
auf die Rückkehr freuen
in das warme Haus des Lachens
und der Ruhe, wirst meine Sehnsucht
nicht als Last empfinden.

Ohne dich

Ohne dich ist mein Bett so endlos leer
ohne dich find ich meinen Platz nicht mehr
mir fehlen die Grenzen deiner Haut
mir war die Wärme so vertraut
neben dir.

Ohne dich ist die Nacht so zentnerschwer
ohne dich lauf ich hinter Träumen her
du bist der Schatten an der Wand
du bist das Zittern meiner Hand
neben mir.

Wer atmet deinen Atem heute nacht
wer ist's, den deine Zärtlichkeit traurig macht
aus Angst, sie könnte morgen zu Ende sein
wer sperrt sich heut nacht in deine Liebe ein
wer fühlt sich
dann ohne dich
genauso wie ich
völlig verlassen
versucht dich zu hassen
was doch so sinnlos ist
weil du kein Mensch
zum Hassen bist.

Wenn du lächelst

Wenn du lächelst, lächle bitte nicht so laut
mein Gott, ich nehm dein Lächeln nicht mehr ernst
komm mir bitte nicht mehr gar so nah
ich weiß, wie sehr du dich dabei von mir entfernst.

Dein Gesicht
das war'n einst Hieroglyphen
mit Höhen und mit Tiefen
und was jetzt?
Heute kann ich
alles darin lesen
ich kenne dich so gut
daß ich's kaum ertragen kann.

Uns ist die Liebe weggelaufen wie ein Kind
das sich einsam fühlt und ungeliebt
um zu sehen, ob wir wirklich traurig sind
wenn es sie auf einmal nicht mehr gibt.

Und auch du
sei doch ehrlich, auch du
bist nicht traurig, gib es zu
viel zu lang
haben wir
den Trauerfall geübt:
wir haben unsre Liebe
schon lang nicht mehr geliebt.

Menetekel

Am Brückenpfeiler
das Herz
hastig hingesprüht
wie die zwei Namen
die es eskortieren –
ob es noch lebt?

Irgendwo im Nirwana
der Mietskasernen
jenseits des Flusses?

War es stark genug
noch viele Pfeile
zu erhoffen
oder ist es an dem
einen schon verblutet
der nicht nur hier
auf dem Beton
Jahre überdauern muß?

Pietät contra Statistik

Wer würde es schon wagen
einer real existierenden Ehe
ausgerechnet den 24.12.
als Verfallsdatum
auf die Verpackung
zu stempeln?

Epitaph

Er sagte ihr
ICH LIEBE DICH
da mußte sie
dran glauben.

Verflixt

Schon wieder ist
ein Traumpaar
wach geworden.
Der Wirklichkeit
schmerzhaft
aufgelaufen.

Und dabei
haben wir es
doch so
geliebt.

Ehrenworte

Als ich dich sah
war mir klar

und wenn du gehst
bring ich mich

ohne dich leben
weil was noch

kannst du nicht
wie soll es denn

aus der Traum
wird nichts

war nichts
du mich auch.

Der Irrtum

Ich wollte, daß sie glücklich wird
daß das Hoffen ihr wieder leichter fällt
ich wollte, daß für sie die Zärtlichkeit
endlich einmal selbstverständlich wird
ich wollte mit ihr durch die Felder streifen
auf die sich unsre Phantasie ergießt
und wollte mit ihr ernten, endlos ernten
was auf unsrer Zweisamkeit wächst.

Ich wollte, daß sie glücklich wird
daß der scheue Zug um ihren Mund vergeht
ich wollte, daß sie ihre Schönheit erkennt
die mir von Anfang an den Atem nahm
ich wollte, daß sie sich selber liebt
damit sie meine Liebe versteht
und wollte, daß die Angst verfliegt
die ihr das Lächeln so erschwert.

Ich wollte, daß sie glücklich wird
daß sie alles, was sie traurig macht, vergißt
ich wollte, daß sie die Furcht verliert
vor Menschen, die offen zu ihr sind
ich wollte, daß sie endlich mit ihrem Gefühl
das Zögern der Gedanken besiegt
und wollte, daß sie sieht, daß ich nicht
der Einzige bin, der sie liebt.

Irgendwann wollte auch sie
daß sie glücklich wird
sagte, sie müßte weg von mir
bevor sie sich in mir verliert
nahm einfach das Glücklichwerden
selber in die Hand
schrieb mir irgendwann irgendwoher
daß sie zu sich selber fand.

5

Bedacht

Begriffen

Behoben

Gegenprobe

Ihr, die ihr mir
so oft erbittert
eure Krallen zeigt
und lautstark
zornig und entschlossen
das als hohes Gut
verteidigt
was euch eher
niederzwingt

die ihr eisern
darauf besteht, daß nur
die Ausschließlichkeit
Garantie ist
für das Liebesglück
daß Treue gottgewollt
und somit Eifersucht
auch ganz
natürlich ist

warum fällt euch
auf die kleine Frage
wie viele Jubelpaare
der von euch
ersehnten Bauart
ihr denn
um euch kennt
meist nichts
als großes Schweigen ein?

Mengenlehre

Was du an Liebe brauchst
kann ich allein nicht geben.
Was ich an Liebe geben kann
ist für dich allein zuviel.

Kalenderspruch

Sieht man Treue nicht als Fessel
sondern als erlesenen Schmuck
ergibt sich im Beziehungskessel
meist ruck-zuck ein Überdruck.

Strategie

Er tut so, als würde sie ihn nicht interessieren.
Sie tut so, als würde sie nicht merken
daß er nur so tut.

Ihr Desinteresse interessiert ihn
deshalb tut er so, als wüßte er genau
daß sie nur so tut.

Sein Interesse interessiert sie
deshalb tut sie so
als täte sie nur so, wie sie tut ...

O heiliger Sankt Josef
wann tut sich denn endlich was?!

Das mit der Eifersucht

Eifersucht hat nichts zu tun
mit der Liebe
die man für den andern empfindet
Eifersucht hat zu tun
mit der Liebe
die man für sich selbst nicht hat.

Das zweite mit der Eifersucht

Er war eifersüchtig
also war sie sicher.
Irgendwann war sie
nicht mehr ganz sicher
ob er noch eifersüchtig sei
da wurde sie unsicher.
Seine Eifersucht ließ nach
er wurde sicher
und sie war eifersüchtig.

Vorher Nachher

Kein Mensch kann
dich mir wegnehmen
solange du nicht
dich selbst
mir weggenommen hast.

Kein Mensch kann
mich dir wegnehmen
solange ich nicht
mich selbst
dir weggenommen habe.

Vorher
ist Eifersucht
grundlos –
nachher
sinnlos.

Verfahren

Wenn wir uns darauf
einigen könnten
daß ich deinen Körper
begeisternd
finden darf
und du
meinen Körper
nicht bedrohlich
finden mußt –
wir wären ein Stückchen weiter
in Richtung Paradies.

Sterntaler

Warum hast du Angst
dich zu verlieren?
Je wehrloser du dich
hingibst und öffnest
desto mehr
wirst du leuchten
und dir immer wieder
als dein eigener
Sterntaler
in den Schoß fallen.

Ungeduldig

Abstrakter als du
kann ein Kunstwerk
kaum sein.
Entdecken lassen sich
verzaubernde Konturen
der Inhalt erschließt sich
jedoch wohl nur dem
der dich mit
distanzierter Ruhe
ergründen will.

Verzeih, aber dazu
fehlt mir Gott sei Dank
die Geduld.

Programmiert

Ganz und gar
liebenswert bist du
und hast doch Angst
der Liebe nicht
wert zu sein.
Gießt auf Flammen
so lange Wasser
bis sie nicht mehr
flackern
und glaubst dann
zu wissen
sie waren nicht
Feuer genug.

Sehnsucht

Sie sehnte sich nach so viel Luft
daß sie ihr den Atem nimmt
sie sehnte sich nach einem Clown
der sie zum Lächeln bringt
sie sehnte sich nach klaren Blicken
und nach Freundlichkeit
sie sehnte sich nach seiner Nähe
und seiner Zärtlichkeit.

Sie sehnte sich nach grünen Tälern
und nach schwarzen Rosen
sie sehnte sich nach Frühlingsregen
und nach Herbstzeitlosen
sie sehnte sich nach bunten Flügeln
und nach Leichtigkeit
sie sehnte sich nach seiner Nähe
und seiner Zärtlichkeit.

Sie sehnte sich nach Kinderlachen
und nach weichen Wiesen
sie sehnte sich nach Trauerweiden
und nach Liebesbriefen
sie sehnte sich nach Blütenmeeren
und nach Heiterkeit
sie sehnte sich nach seiner Nähe
und seiner Zärtlichkeit.

Sie sehnte sich nach seiner Wärme
seinen Worten, seiner Hand
sie sehnte sich, umarmt zu sein
ein ganzes Leben lang
sie sehnte sich so sehr danach
daß er ihr Liebe gibt
daß sie vergaß
woher die Sehnsucht kam
sie vergaß, daß sie ihn liebt.

An Marilyn

Hast dich an deinen
Rundungen
wund gestoßen
weil die Welt um dich
so kantig war.

Hast deine Kanten
nicht rund gekriegt
weil die Welt um dich
so glatt war.

Warst wund
vom zweiten Anfang an
gestoßen
wie auch immer.

Hast viele
Nachfolgerinnen
Marilyn.

Wetterhäuschen

Wenn sie
gut drauf ist
wird er trübe
und verkriecht sich.

Wenn er
strahlt vor Wonne
drückt sie sich
in den Hintergrund.

Wenn sie
sich traurig bedeckt hält
läuft er auf
zu großer Form.

Wenn er
Kummer hat
wird sie bunt
vor Mutterglück.

Gelegentlich
unter unentschlossenen Wolken
verharren beide auf der Schwelle
als wüßten sie nicht aus noch ein.

Dann ist es
als träumten sie sich
regungslos zurück
voraus in eine ferne Nähe.

Liebeslänglich

Sie will ihn immer lieben
er will sie immer lieben
sie wollen sich lieben
ein ganzes Leben lang
schon immer sich suchend
für immer gefunden
das Zauberwort ewig
das Zauberwort treu
dieser unwiderstehliche Drang
nach dem immerwährenden
Glück einer Liebe
dem Traumtanz am Abgrund entlang.

Sie will ihn immer lieben
er will sie immer lieben
sie wollen sich lieben
über die Grenzen der Zeit
verdorben durch Träume
Erlebtes, Versäumtes
verdorben durch Märchen
Enttäuschung und Sehnsucht
nach jener Unendlichkeit
endlich grenzenlos
unendlich begrenzt
vom Freisein glücklich befreit.

Sie will ihn immer lieben
er will sie immer lieben
sie wollen sich lieben
ein ganzes Leben lang
sie wird ihn lieben
er wird sie lieben
eine ganze Liebe lang.

Warnung

Zärtlichkeit
die auf Schranken trifft
kriecht in den Kopf
und schlägt dort
Purzelbäume!

Unfeierliches Versprechen

Mich als Mann
in die Lage einer Frau
zu versetzen
ist ein sinnloses Bemühen
das ich nie aufgeben werde.

Verhindert

Eines Tages zog es sie plötzlich
unwiderstehlich in die Freiheit
irgendwohin, vielleicht ans Meer.
Sie packte die Dinge
die man auch in der Freiheit braucht
und ging mit hastigen Schritten
aus dem Haus.
Als sie die Straßenbahn verpaßte
kehrte sie um.

In Klammern die Frau

Frischgewaschene Worte
siegen wollen
samtige Blicke
Lebensgefühl
mit Blick auf die Uhr
(Unvermeidbarkeit
geliebt sein wollen)
und endlich: nesteln
immer wieder mal streicheln
und jetzt der Büstenhalter
und das restliche Klump
zusammenfallen
klammern
eng
(Worte: sag, daß du mich liebst)
ja, Schatz, ja
oho, was für eine Kraft
(Greifen nach Lust ins Leere)
beherrschen
zeigen, was man ist
Dynamik ohne Bremse
(Wozu das Ganze?
Worte: oh, so schön!)
kein Halten mehr
abgrundtief . . .
schweres Atmen
na also!
(Worte: welchen Waschlappen
darf ich benützen?)

Gründe

Sie hatten sich gern.
Als er ihr gestand
wie sehr er sich
nach ihrem Körper sehnte
wehrte sie ab
und hatte viele Gründe.

Zu Hause allein
dachte sie an ihn
faßte sich an
und hatte keine Angst.

So bist du nicht

Die Katze, die mit dem
Schmetterling spielt
mit samtweicher Pfote
seine Flügel
auf die Erde
drückt
ihn mit sanftem Biß
nicht umbringt
bis er von alleine
stirbt –
die Katze wird nicht
traurig sein.

So bist du nicht.

So bin ich nicht

Der Kreisel, den du
mit kindlicher Anmut
und schnalzender Peitsche
zum Drehen bringst
den du so lange
in Bewegung hältst
bis du lachend
zu einem anderen
Spielzeug rennst –
der Kreisel wird
taumeln, fallen
liegenbleiben.

So bin ich nicht.

Gegenmittel

Ich bitte dich
mach dich nicht hart
um Verletzungen zu widerstehn.
Sicher, die kleinen Brocken
werden an dir abprallen
doch die großen
könnten dich
zum Einsturz bringen.

Ich bitte dich
mach dich weich
um Verletzungen zu widerstehn.
Sicher, die kleinen Brocken
werden in dich eindringen
und die großen um so tiefer
doch sie werden aus dir zurückfedern
nachdem sie dich bereichert haben.

Ich bitte dich
mach dich verletzbar
und du wirst es
irgendwann
nicht mehr sein.

Gebrannte Kinder

Es gibt Kinder
die ein gebrannter Finger
davon abhält
je wieder
mit dem Feuer zu spielen

und

es gibt Kinder
die merken
daß eine gebrannte Hand
schnell wieder heilt

und

es gibt Kinder
die wissen
daß man
mit einem gebrannten Arm
mehr spürt

und

es gibt Kinder
die haben begriffen
daß ein gebranntes Herz
immer warm bleibt.

6

Beherrscht

Beschädigt

Bescheuert

Mann-Kind

Wenn mir danach ist
hüpfe ich
zwei links, zwei rechts
durch leere Straßen.

Wenn mir danach ist
stürze ich
in eine Sofa-Ecke
und fühle mich
geborgen.

Wenn mir danach ist
singe ich
Maikäfer flieg
und habe
Tränen in den Augen.

Wenn mir danach ist
mache ich alles –
solange
mich keiner sieht.

Kleines Drama

Eigentlich war es völlig klar:
das bißchen Verlassenwerden
bedurfte nur
der minderen Kontrollstufe –
vergiß es, alter Junge!

Doch kaum fiel
beim Suchen nach nichts
oder einem vernichtbaren Foto
die gepreßte Anfangsmargerite
aus jener Euphorie
in den derzeitigen Blick
wurde der Guß
der Queen of tablewaters
ins Klo dramatisch
wie der Stechschritt zum Bourbon
und der hagere Entschluß
sich zu Tode zu saufen
und zwar noch
in diesem Leben.

Schnee-Mann

1

Da paßt sich einer kalt
deinen warmen Händen an
bis du frierst.

Lächelt aus tiefen
Kohleaugen
wie du willst.

Und löst sich bald
in deiner Sonne
auf ins Ungreifbare.

Schnee-Mann

2

Brauchst zum Überleben
so viel Kälte
daß die kleinste Wärme
dich sichtbar
in Gefahr bringt.

Auf dem Fuße

Sogar der Vollmond
heulte mit
den Wölfen
die den Prinzen
gewissensbissig
umturnten
als der, verleitet
durch das Gleißen
in der Nacht
kein Froschsein
mehr mochte
deshalb was
von Liebe stammelte
und alsbald
angewidert
vor seinem Haufen
gebrochenen Schweigens
bleichte.

Käpt'n Cock

Er suchte ihre Nähe
um fern von sich zu sein
doch zwei, drei ihrer Worte
stellten ihm ein Bein.

Liebe, Treue undsoweiter
hieß es lichterloh
da brannten seine Träume
ab nach irgendwo.

Er floh ganz schnell zu sich zurück
ging wieder unter Deck
und machte ungefährdet
ins Laken seinen Fleck.

Ewig gültiges Endrezept

... ein Glas Sherry
beigeben und
unter gelegentlichem
Anrühren
warm werden lassen.

Beim ersten Aufwallen
das scharf gewürzte
Fleisch untermengen.

Dann bei starker Hitze
unter ständigem Rühren
in drei bis vier Minuten
fertigmachen.

Schöne Aussicht

Ächzend erhob sich
der Kavalier
schob seine
besockten Füße
durch die Baumwollripp-
mit-Eingriff-Unterhose
in das Beinkleid
zog sein Ringelshirt
über den Wanst
und sagte
mit Grandezza
zur Bestiegenen:
»Auf dich
werde ich
noch
zurückkommen.«

Schizophantasie

Ihre Nacktheit passierte zu schnell.
Ihre Umarmung war zu innig.
Ihre Freude am Lieben war zu groß.
Ihr Orgasmus war zu laut.
Gefahr! sagte sich der Mann
und schickte seine Sehnsüchte
zurück in die Wüste.

Bermuda-Pilot

Erst schwebte er über ihr
dann flog er auf sie
rein, obwohl ihr Dreieck
nur zweischenklig war.

Da erst

Sie war ganz hübsch
sie sprach nicht viel
sie kam mit ihm
ohne lang zu zögern.

Sie ging, als er nicht wollte
daß sie geht
da glaubte er sie zu lieben.

Gemein?

Fremdgängern
die ihr verlassenes Gelände
wie auch das neu betretene
mit ihrer Eifersucht verminen
gönne ich einen Fehltritt.

Friedlich gesagt

Bedenkt doch, Freunde
beim Stammtischplausch
über degoutante Hängebusen
Zellulitis, fette Schenkel
schlaffe Ärsche
und andere Weibermängel
bitte das Format der Bäuche
die eure hinten und vorne
leeren Hosen überquellen.

Vater schafft

Kommt er nach Hause
von der Arbeit
während sie schwanger
Urlaub in der Klinik macht.

Schmiert er sich mühsam
drei Leberwurstbrote
zieht sich trostlos
ins geheime
Pornovideo rein
schuftet hart im Sessel
und stellt sich auch noch
selbst den Wecker.

Mann oh Mann

Schlenzt im High noon-Breitschritt
durch die Auslagen
weibgefüllter Straßencafés
coolst dir lächelnd einen ab
die Hand zum Kniff bereit
in selberschuldige Frauenärsche
knallst dein aufgemotztes Spoilerface
hinters untergebene Lenkrad
und begreifst nicht
deine Widerstehlichkeit.

Macht, Gemächt, Ohnmacht

Wundern wir uns
doch einfach nicht mehr
warum so viele Frauen
der Erotik erliegen
die besessene Macht
so unverkennbar
den Schalthebelknechten
um Stirn und Lenden windet.

Ersparen wir uns
doch das Rätseln
warum ausgerechnet
schlaffe Pfeffersäcke
leere Eisbeutel
labernde Maultaschen
und windige Plastiktüten
unseren Schönsten
den Atem rauben.

Versuchen wir uns
doch nur vorzustellen
was jeder flehentliche Seufzer
aus gebeulter Kammgarnhose
was jeder hechelnde Vollzug
jedes finale Röcheln
nach plumper Enderlösung
dem Mächtigen an Macht
entzieht, die ohne Umweg
so mancher süßen Rächerin
in den taktisch offenen
Schoß fällt.

7

Beschlossen

Besiegelt

Beendet

Nachwort

Liebe ist, wenn ein Mann ...
Liebe ist, wenn eine ...
Liebe ist, wenn ...
Liebe ist!

INHALT

3

BEZAUBERT BESEHEN BEWAHRT

4

BETRÜBT BETROFFEN BEFREIT

5

BEDACHT BEGRIFFEN BEHOBEN